I0551000

LE ROI BOIT

ÉPISODE DE LA VIE DE CHARLES XII

Comédie en un acte mêlée de couplets

LA MUSIQUE
Se vend séparément 1 franc

PARIS

OUSSE ET BOYER, ÉDITEURS
rue Saint-André-des-Arts, 4.

Yth
23113

LE ROI BOIT

ÉPISODE DE LA VIE DE CHARLES XII

Comédie en un acte mêlée de Couplets.

LA MUSIQUE
se vend séparément 1 fr.

PARIS

Ve P. LAROUSSE ET Cie, IMPRIMEURS-ÉDITEURS

49, RUE SAINT-ANDRÉ-DES-ARTS 49,

Propriété

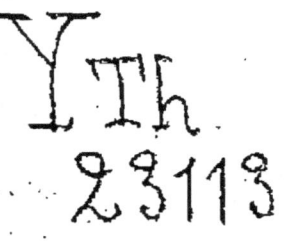

DÉPÔT LÉGAL
Seine
N° 4122
1868

YTh
23113

Personnages :

CHARLES XII, roi de Suède, 18 ans.

LE COMTE DE FERSEN, ministre, 50 ans.

LE PRINCE TALITZIN, envoyé du czar de Russie, 40 ans.

LE BARON DE ROUTCHOUCK, chambellan, 45 ans.

POUSSHENTROUPP, chambellan, 45 ans.

MULLER, aubergiste, père nourricier du roi, 45 ans.

ULRICK, son fils, frère de lait du roi, 18 ans.

LA TULIPE, soldat français, 30 ans.

CRAKENDORFF, neveu de Muller, 19 ans.

Premier Gentilhomme.

Deuxième Gentilhomme.

Troisième Gentilhomme.

Premier Paysan.

Deuxième Paysan.

Seigneurs, Soldats russes, Paysans, Soldats suédois.

La scène se passe en Suède en 1700.

LE ROI BOIT

Charles XII, roi de Suède, perdit un jour dans l'ivresse, le respect qu'il devait à la reine, son aïeule; elle se retira, pénétrée de douleur, dans son appartement. Le lendemain, comme elle ne paraissait pas, le roi en demanda la cause; on la lui dit. Alors il fit remplir un verre et alla trouver cette princesse. « Madame, lui dit-il, j'ai appris qu'hier, dans le vin, je me suis oublié à votre égard; je viens vous en demander pardon; et afin que je ne tombe plus dans cette faute, je bois ce verre à votre santé : ce sera le dernier de ma vie. » Il tint parole, et depuis ce jour jusqu'à sa mort, devant les murs de Frédéricshall, ce prince, dont toute la carrière montra une trempe de caractère peu commune, ne but jamais que de l'eau.

Le théâtre représente le carrefour d'une forêt; à droite, une auberge avec une enseigne, un bosquet adossé au mur, avec tables, bancs au-dessous; à gauche, rochers et arbres, montagnes au fond; au milieu du théâtre, une grande croix en pierre.

SCÈNE PREMIÈRE

CRAKENDORFF, ULRICK. (*Ils sortent de la chaumière.*)

CRAKENDORFF, *avec un désespoir comique.*

C'est-y Dieu possible !

ULRICK.

Aussi faut-il que tu sois bête ! tu sais que mon père

ne peut te souffrir à cause de tes fredaines passées, et
tu viens toujours chercher à faire ta paix avec lui,
juste quand il est de mauvaise humeur !

CRAKENDORFF.

Dame, il est toujours de mauvaise humeur quand
j'arrive !

ULRICK.

C'est probablement ta figure qui lui produit cet
effet-là.

CRAKENDORFF.

Avec ça qu'il en trouvera beaucoup des neveux
doués d'un physique comme le mien ! Parce qu'il est
le père nourricier de S. M. Charles XII, notre nouveau
roi, il se croit le premier moutardier du pape... mauvais gargotier, va !

(Voir la musique de la pièce, No 1.)

On vit souvent des oncles insensibles
Chasser l'neveu présent et le futur;
On en vit même, aux pleurs inaccessibles,
Les recevoir en frappant fort et dur. (*Bis.*)

(*Indigné.*)

Mais un parent, le traiter de la sorte !
Ah ! c'est affreux !... Par l'oreille ou le nez,
On l'éconduit, on le met à la porte;
Mais pas avec le pied !

ULRICK.

Allons, allons, console-toi, mon cousin.

CRAKENDORFF.

Non, je ne suis pas fait pour supporter des avanies
pareilles, v'là déjà six fois que cela lui arrive; qu'il
ne me fasse pas sortir de mon caractère, car dans mon
désespoir...

ULRICK.

Que feras-tu ?

CRAKENDORFF, *tragique.*

Ce que je ferai, dis-tu ? Foi de Crakendorff, qu'est mon nom... j'y retournerai une septième... Voilà !... Ah ! ah ! je me suis promis de lui faire entendre raison à cet oncle dénaturé. Ah !

(*Il se promène avec agitation.*)

ULRICK, *riant.*

Au lieu de te démener comme cela, tu ferais bien mieux de ménager tes jambes pour gagner le prix de la course.

CRAKENDORFF.

C'est bon... malin, tu as beau te moquer de moi ; mais le prix, je suis sûr de le remporter, et à ton nez encore. (*Montrant sa jambe.*) Avec ça qu'il y en a énormément de cerfs, n'est-ce pas, taillés dans ce genre-là... Sois calme, cher ami, je ne suis pas le premier que la colère aura bien fait courir. Mais qu'as-tu donc ? tu es sérieux comme un hippopotame auquel on a mis des lunettes.

ULRICK.

Moi, je n'ai rien...

CRAKENDORFF.

C'est bon, mon cousin, je ne te demande pas tes secrets...

ULRICK.

Mais je t'assure...

CRAKENDORFF.

Très bien... on voit ce qu'on voit ; mais assez causé. Motus ! comme dit le maitre d'école... Tiens voilà les amis qui viennent nous chercher pour aller à la fête... Vive la joie et les pommes... cuites... je ne les aime pas autrement !

SCÈNE II

LES MÊMES, VILLAGEOIS.

CHŒUR.

(Voir la musique, No 2.)

Allons, amis, que l'on s'empresse,
Voici l'instant.
Que chacun montre son adresse
Et son talent.
Tant pis pour qui reste en arrière,
Il faut courir
Sans trébucher dans la carrière!
Ah ! quel plaisir !

PREMIER PAYSAN.

Bonjour, bonjour, les amis; nous venons vous chercher; car la course va commencer bientôt...

ULRICK.

Merci, mes amis.

DEUXIÈME PAYSAN.

Eh ben ! Ulrick, v'là encore vingt beaux écus que tu vas nous gagner, car c'est toujours à toi.

CRAKENDORFF, *à part, se frottant les jambes.*

Faudra voir ! faudra voir !...

ULRICK.

Eh ! mes amis, que font les écus, quand on a des cœurs comme les vôtres et que l'on s'aime comme nous nous aimons...

CRAKENDORFF, *tristement.*

C'est vrai, mais quand on n'a que le bon cœur et pas d'écus, ça ne met guère de beurre dans les épinards... Scélérat de gargotier, va

PREMIER PAYSAN.

Allons, allons, v'là l'heure de la course, partons.

TOUS.

Oui, oui, partons !

ULRICK.

Allez toujours, mes amis, je vous rejoindrai dans un instant...

DEUXIÈME PAYSAN.

C'est entendu, mais ne reste pas trop.

CRAKENDORFF, *à part*.

Il a quelque chose, c'est sûr !

(*Reprise du chœur, ils sortent.*)

SCÈNE III

ULRICK, *seul*.

Me voici seul enfin ! Je ne sais pourquoi, mais je tremble ; j'ai comme un pressentiment qu'il va se passer quelque chose de terrible dans cette forêt... Cette conversation que j'ai entendue cette nuit... Oh ! je n'en puis douter, ces inconnus trament quelque horrible complot... mais contre qui ?... serait-ce contre le roi, mon frère de lait ?... lui que j'aime tant et sur lequel ma mère, à son lit de mort, m'a fait jurer de veiller... Oh ! je le défendrai... je le sauverai si sa vie est menacée.

(*Voir la musique, N° 5.*)

De là-haut, mère chérie,
Daigne entendre mes accents ;
C'est ton fils qui te supplie ;
Ah ! dans son cœur viens, descends.
Dis-moi quel est ce mystère,
Quels périls je dois braver ! (*Bis.*)

Je t'implore pour mon frère,
Permets-moi de le sauver! (*Bis.*)

Car du haut des cieux, ma mère, ton âme veille toujours sur tes enfants, n'est-ce pas? Mais je ne me
trompe pas, ce sont eux, les voilà, ils viennent par
ici... Oh! cette fois je saurai tout... Merci... merci, ma
mère! (*Il se cache derrière la croix.*)

SCÈNE IV

ULRICK *caché*, LE BARON DE ROUTCHOUCK, LE
PRINCE TALITZIN. (*Ils sont enveloppés dans de
grands manteaux; le baron vient par la droite, le
prince par la gauche.*)

LE PRINCE.

Nul ne peut-il nous entendre?

LE BARON.

Vous pouvez parler sans crainte.

LE PRINCE.

Avez-vous réfléchi à mes propositions, monsieur le
baron?

LE BARON.

Oui, monseigneur... mais...

LE PRINCE.

Oh! pas de mais, je vous en prie.

LE BARON.

Cependant, prince...

LE PRINCE.

Ecoutez-moi, baron de Routchouck. Le roi Charles XII est jeune, hardi, ambitieux; sans doute, la
Suède est forte, sa population nombreuse et vaillante,
et l'on ne peut prévoir jusqu'où pourrait aller sa puis-
sance si son roi se mettait à sa tête et voulait faire

des conquêtes; il faut qu'elle soit rayée du nombre des nations.

LE BARON.

Monseigneur...

LE PRINCE.

Il le faut!... Le czar Pierre, mon souverain, l'a décidé ainsi; la Suède sera réunie à son vaste empire.

LE BARON.

Et son roi ?...

LE PRINCE.

Son roi, je vous l'ai dit, il disparaîtra.

ULRICK, *à part.*

Quelle horreur !...

LE PRINCE.

Maintenant que voulez-vous pour nous aider ?

LE BARON.

Monseigneur, ce langage...

LE PRINCE.

Est juste; c'est une trahison que je vous demande, et toute trahison doit être payée... cher...

LE BARON.

Jamais je ne consentirai...

LE PRINCE.

Prenez garde, baron, vous êtes en mon pouvoir, j'ai des preuves entre les mains; un mot de moi, et vous êtes perdu...

LE BARON.

Mais ce mot...

LE PRINCE.

Je le dirai, soyez-en sûr, si vous m'y obligez... Eh bien ! qu'avez-vous résolu ?

LE BARON.

J'obéirai...

ULRICK, *à part.*

Infâme !

LE PRINCE.

A la bonne heure... je vous reconnais... Où est le roi ?

LE BARON.

Sa Majesté chasse en ce moment dans cette forêt.

LE PRINCE.

Très bien.

ULRICK, *à part.*

C'est bon à savoir...

LE BARON.

Dans une heure ou deux, il viendra avec sa cour à ce rendez-vous de chasse, où demeure, dans la chaumière que vous voyez, son père nourricier, qu'il aime beaucoup, et qu'il a l'habitude de visiter toutes les fois qu'il chasse dans les environs.

LE PRINCE.

C'est au mieux... Ce soir tout sera terminé...

LE BARON.

Eh quoi !...

LE PRINCE.

Et vous, baron, vous toucherez cinq cent mille roubles et vous aurez le gouvernement d'Upsal...

LE BARON.

Une si grande faveur à moi !

LE PRINCE.

Ne faut-il pas récompenser le mérite et la fidélité ?... Au revoir, baron... Ici dans deux heures.

LE BARON.

Vous vous retirez déjà, monseigneur ?

LE PRINCE.

Oui ; je vais tout préparer ; un plus long entretien pourrait être dangereux. Au revoir. (*Il sort.*)

SCÈNE V

LE BARON, ULRICK.

ULRICK.

Oh ! merci, mon Dieu ! Je sais tout maintenant.

LE BARON.

Allons ! le sort en est jeté.

(Il va pour sortir et se cogne avec Ulrick.)

ULRICK.

Pardon, monsieur.

LE BARON.

Hein ? qu'est-ce ? Que veut ce maraud ?

ULRICK.

Moi, rien, monseigneur.

LE BARON.

Que faisais-tu là ?

ULRICK.

Je passais.

LE BARON.

Comment ?

ULRICK.

Dame ! en passant.

LE BARON.

Est-ce que tu te moques de moi, maroufle ?

ULRICK.

Moi...

LE BARON.

Au fait, que me veux-tu ?

ULRICK.

Moi, mais rien, je vous dis, puisque je m'en vas.

LE BARON.

Hum ! tout ceci n'est pas clair...

ULRICK.

Dame ! monsieur le baron, il y a tant de choses en
ce monde qui semblent claires et qui ne le sont pas...

Vous devez le savoir, vous qui êtes diplomate. (*A part.*)
Oh! je le sauverai!... (*Il lui rit au nez et sort.*)

SCÈNE VI

LE BARON, *puis* MULLER.

LE BARON.

Qu'a voulu dire ce maraud?... Aurait-il entendu ma
conversation avec le prince Talitzin?... Oh! non, c'est
impossible... Allons, je suis fou... Ce soir je serai vengé
de ce roitelet qui affecte de me mépriser... et ma fortune sera faite... Holà! la maison.

MULLER, *entrant.*

Que voulez-vous, seigneur cavalier?

LE BARON.

Une mesure de bière. (*Muller sort et rentre avec la
bière et un verre : il met le tout sur une table et rentre dans la maison. Le baron s'assied sur un banc qui
est au pied du mur de la maison, approche la table et
boit.*) Ma foi, j'aime mieux attendre le roi ici que
d'aller à sa rencontre. Après ce qui vient d'être convenu, j'aime mieux ne pas me retrouver en sa présence.

SCÈNE VII

LE BARON, *assis et buvant*, LE ROI, LA TULIPE.
(*Ils entrent par la gauche.*)

LA TULIPE.

Sans vous commander, mon camarade, est-ce que
nous ne pourrions pas nous arrêter ici?...

LE ROI.

Parfaitement.

LA TULIPE.

C'est que, voyez-vous, jeune homme imberbe, je me suis payé aujourd'hui une petite étape de douze lieues, et je commence à sentir le besoin de me rafraîchir.

LE ROI.

Rien de plus facile, mon ami ; mon père nourricier demeure dans cette chaumière, et, si vous me permettez de vous offrir un verre de n'importe quoi...

LA TULIPE.

J'accepterai deux verres, plusieurs verres même, pour vous être agréable...

LE ROI.

C'est au mieux ; alors, asseyons-nous. (*Ils s'asseyent à une table.*)

LE BARON, *se levant.*

Le r...

LE ROI, *bas.*

Silence !... Eh ! mais nous sommes en pays de connaissance.

LA TULIPE.

Vous connaissez ce particulier, qui a la figure en coin de rue ? Je ne vous en fais pas mon compliment, jeune homme imberbe ; il est très laid, ce particulier...

LE BARON.

Ah ça ! mais...

LA TULIPE.

Faites excuse ; nul ici-bas n'est responsable de son physique ; mais vous devriez en changer, vrai, ça vous embellirait.

LE ROI.

Holà ! Muller ! Muller !

3

MULLER, *entrant.*

Voilà ! voilà ! (*Il entre en courant et laisse tomber une pile d'assiettes.*) Ah, mon Dieu ! c'est le r...

LE ROI, *bas.*

Pas un mot, je ne veux pas être reconnu !

LA TULIPE.

S'il n'y a rien de cassé, c'est moi qui paye... Il arrange bien son ménage, votre père nourricier !

LE ROI.

Eh bien, Muller, tu ne viens pas m'embrasser ?

MULLER.

Oh ! de grand cœur. (*Ils s'embrassent.*)

LA TULIPE.

Allons, c'est un brave garçon.

LE BARON, *à part.*

Embrasser un vil paysan, pouah !

LE ROI.

Maintenant, camarade, que voulez-vous boire ?

LA TULIPE.

Dame, la chaleur m'a altéré... Je crois qu'un peu de rhum me rafraîchira...

LE ROI.

Du rhum pour vous rafraîchir !

LA TULIPE.

Oui, je veux être prudent ; j'ai peur que la bière ne me fasse mal ; on se grise si vite quand on a chaud.

LE ROI.

C'est juste !

LE BARON.

La précaution est bonne.

LE ROI.

Eh bien, Muller, sers-nous du rhum.

LA TULIPE.

Oh ! pas beaucoup, une bouteille suffira.

LE BARON, *à part.*

Je le crois.

MULLER *apportant le rhum et des verres.*

Vous êtes servis.

LA TULIPE.

Merci, mon vieux ; vous êtes un digne homme, vous ;
vous boirez bien un verre avec nous, hein ?

MULLER.

Avec plaisir !

LA TULIPE.

A votre santé !

TOUS.

A votre santé ! (*Ils boivent.*)

LA TULIPE.

Hum ! ça fait du bien...

LE ROI.

Là, maintenant, causons.

LA TULIPE.

Je le veux bien.

LE ROI.

Et si cela ne vous contrarie pas, contez-moi ce que
vous venez faire dans ce pays.

LA TULIPE.

Avec plaisir... comment vous nommez-vous ?

LE ROI.

Charles.

LA TULIPE.

C'est un joli nom... A votre santé ! Faut vous dire
que j'ai été soldat ; j'ai servi dans les gardes-françaises.

LE ROI.

Beau corps.

LA TULIPE.

Un peu ; je m'en vante. Pour lors, j'ai un oncle qui
se trouve employé chez un seigneur suédois de ce
pays-ci...

LE ROI.

Qui se nomme ?

LA TULIPE.

Pousshentroupp; drôle de nom, hein? mais le nom
ne fait rien à la chose; quand j'ai eu mon congé, mon
oncle m'a écrit de venir le rejoindre et qu'il me pla-
cerait avantageusement; comme je n'avais rien de
mieux à faire, j'ai accepté... A votre santé!

(*Voir la musique, N° 1.*)

> V'là qu'd'Auvergnat, mon oncle est dev'nu suisse,
> Cet état-là m'conviendrait à ravir.
> En attendant, voyons que je choisisse
> C'lui qui pourrait le plus vit' m'enrichir.
> Pour conserver, moi qui suis un fort homme,
> L'meilleur emploi, c'lui qui m'conviendrait l'plus,
> Ce s'rait d'êtr' fait d'la maison l'économe,
>   Afin de mieux conserver ses écus. (*Bis.*)

Ma foi oui, ça m'irait assez; en attendant, sans vous,
jeune homme, j'étais perdu dans la forêt, et je vous
remercie de m'avoir remis dans la bonne route.

LE ROI.

Oh ! cela n'en vaut pas la peine. (*Fanfare.*)

LA TULIPE.

Qu'est-ce que c'est que cela ?

MULLER, *qui a regardé.*

La cour se dirige de ce côté.

LA TULIPE.

La cour !... Oh ! jeune homme imberbe, un service,
sans vous commander...

LE ROI.

Parlez.

LA TULIPE.

Connaissez-vous le roi ?

LE ROI.

Un peu...

LA TULIPE.

Très bien, vous me le montrerez, hein !

LE ROI, *souriant.*

Avec plaisir.

LA TULIPE.

Mais comment pourrai-je le reconnaître ?

LE ROI.

Très facilement ; lorsque la cour va arriver, le seigneur que vous verrez garder son chapeau sur la tête pendant que tous les autres se découvriront...

LA TULIPE.

Eh bien ?

LE ROI.

Celui-là sera le roi.

LA TULIPE.

Merci !

SCÈNE VIII

LES MÊMES, LES SEIGNEURS.

(*Tous se découvrent en entrant; tout le monde est debout.*)

CHOEUR.

(*Voir la musique, N° 5.*)

Célébrons par nos chants
Ce jour prospère !
Unissons nos accents,
Notre prière,
Pour que le ciel toujours,
Calme et propice,
Dans sa justice,
Veille sur ses jours !...

4

POUSSHENTROUPP.

Messeigneurs, voici le roi; nous l'avons enfin retrouvé.

TOUS.

Le roi! voici le roi!

LA TULIPE.

Ah ça! mais où est-il donc? je ne le vois pas moi, le roi.

LE ROI.

Comment! tu ne le reconnais pas?

LA TULIPE.

Dame, je suis assez embarrassé, moi, car tous ces cadets-là ont leur chapeau à la main, nous deux seuls nous l'avons sur la tête.

LE ROI.

Eh bien?

LA TULIPE.

A moins que ce soit moi ou vous, je ne vois pas qui ça peut être.

LE ROI.

Vraiment!...

LA TULIPE.

Tiens, que je suis bête; ce n'est pas moi pour sûr, c'est donc vous?

LE ROI.

Eh oui!...

LA TULIPE.

Vive le roi!... (A part.) C'est égal, c'est un bon garçon, et il n'est pas fier du tout!

POUSSHENTROUPP.

Sire, Votre Majesté nous a bien inquiétés.

PREMIER SEIGNEUR.

Nous ne savions que penser de son absence.

TROISIÈME SEIGNEUR.

Voici deux heures que nous sommes à sa recherche.

LA TULIPE.

Eh, mon Dieu, pas tant de raisons et de jérémiades ;
vous voyez bien que Sa Majesté n'était pas perdue ; le
roi est assez grand pour marcher sans lisières : n'est-
ce pas, sire ?

LE ROI.

Tu as raison... au diable l'étiquette ; je suis ici chez
mon père nourricier, amusons-nous, soyons gais,
joyeux ; oublions les soucis du trône... Muller, apporte
du vin...

MULLER.

Mais, sire...

LE BARON.

Allez donc, puisque Sa Majesté l'ordonne...

MULLER

Mais, vous savez...

LE BARON.

Que vous importe...

LE ROI.

Du vin ici... de suite.

MULLER.

J'obéis, sire...

(*Il sort et revient avec du vin et des verres.*)

LA TULIPE.

A la bonne heure !

LE BARON, *à part.*

Il se livre !

LE ROI, *prenant un verre.*

Messieurs, à votre santé !

TOUS.

A la santé du roi !

LE ROI.

Eh mais, quel est ce bruit ?

MULLER.

Sire, c'est aujourd'hui la fête du village, et nos jeunes
gens reviennent de disputer le prix de la course.

LE ROI, *un peu gris.*

Fête complète, alors; buvons, messieurs!

TOUS.

Buvons!...

LA TULIPE.

Il va bien, le petit roi.

SCÈNE IX

LES MÊMES, ULRICK, CRAKENDORFF, TOUS LES JEUNES GENS DU VILLLAGE.

CHŒUR DES VILLAGEOIS.

(*Voir la musique, No 6.*)

Vive Ulrick, car de ce village
Il est l'honneur.
Le prix doit être son partage,
C'est le vainqueur!

LE ROI, *levant son verre.*

Amis, buvons à son adresse
Des flots de vin!
Et livrons-nous à l'allégresse
Jusqu'à demain!

(*Reprise du chœur chanté par tous les acteurs en scène.*)

ULRICK.

Eh quoi! Votre Majesté...

LE ROI.

Oui, c'est moi, frère; je bois à ton triomphe!...

CRAKENDORFF, *à part.*

Comme c'est flatteur pour moi d'avoir un cousin de lait comme celui-là!

ULRICK.

Oh, sire, pourquoi boire ainsi?

LE ROI.

Vas-tu m'adresser des reproches?

ULRICK.

Mais Votre Majesté se fait mal.

LE ROI, *il boit.*

Que t'importe?

ULRICK.

Je vous aime, sire; je suis votre frère de lait, et votre honneur m'est plus cher que le mien; je ne souffrirai pas que Votre Majesté se dégrade ainsi aux yeux de ses sujets.

MULLER.

Ecoutez-le, sire, écoutez-le; car il vous aime, et ce qu'il dit à Votre Majesté est vrai.

LE ROI, *buvant.*

Et toi aussi, Muller... Mais c'est donc une conspiration!

ULRICK.

Peut-être, sire.

LE ROI, *gris.*

Que veux-tu dire?

ULRICK.

Ne buvez pas davantage, sire, je vous en supplie.

LE ROI.

Va-t'en au diable, je suis le maître... tu oublies que si j'ai parfois consenti à te traiter avec bonté, tu n'en es pas moins mon sujet et que tu me dois obéissance.

ULRICK.

C'est vrai, sire.

LE ROI.

Verse-moi à boire.

ULRICK.

Non, sire, je ne ferai pas cela.

LE ROI.

Tu refuses?

ULRICK.

Oui, sire...

LE ROI, *en colère.*

Prends garde, Ulrick.

ULRICK.

Ma vie est entre les mains de Votre Majesté, mais mon honneur m'appartient.

(*Voir la musique, N° 7.*)

Roi, cet honneur n'est rien pour vous, peut-être ;
Mais ici-bas c'est mon unique espoir ;
C'est un trésor dont je ne suis pas maître,
Et le défendre est mon premier devoir ;
Oui, le défendre est mon premier devoir.
Pour le remplir, hélas ! aujourd'hui même
Je vais détruire à jamais mon bonheur.
Et si, du moins, je perds tout ce que j'aime,
J'aurai sauvé mon nom et mon honneur. (*Bis.*)

LE ROI.

Pour la dernière fois, veux-tu m'obéir ?...

ULRICK.

Non, sire !

LE ROI, *furieux.*

Ah ! misérable ; c'est aussi par trop abuser de ma patience... Va, je te chasse ; ne reparais jamais en ma présence...

MULLER, *aux pieds du roi.*

Grâce, sire, par pitié, c'est mon fils.

LE ROI.

Et que m'importe ton fils, à moi ; arrière... débarrassez-moi de ces hommes... c'est aussi par trop d'audace !...

(*Voir la musique, N° 8.*)

Ah ! c'est en vain que tous les philosophes
Prêchent révolte et folle illusion,
En dédaignant leurs cris, leurs apostrophes,
Je saurai bien les mettre à la raison ;
Oui, je saurai les mettre à la raison.

Eh ! que me fait à moi ce populaire,
Qu'il se résigne et qu'il sache souffrir !
Les rois sont faits pour commander sur terre
Et les manants sont faits pour obéir ! (*Bis.*)

Qu'on chasse ces hommes de ma présence !... Ah ! ils osent me braver, moi ! moi, le roi !... Eh bien, cette maison, qu'ils doivent à mes bienfaits, je la leur reprends... seuls et misérables, mourants de faim, ils verront ce que l'on gagne à oser braver son roi !

ULRICK.

Que votre volonté soit faite, sire ; mais Votre Majesté s'en repentira...

LE ROI.

Des menaces !...

LE BARON.

Sire, faut-il ?...

LE ROI.

Laissez-les... je méprise leurs injures...

MULLER.

Oh ! sire... c'est dans cette chaumière que ma femme est morte !...

LE ROI.

Sortez, vous dis-je.

CRAKENDORFF.

C'est comme ça... eh bien, je vous suis, mon oncle... le malheur doit nous réunir... je ne vous quitte plus.

LA TULIPE.

Sire, vous venez de commettre une mauvaise action... je ne suis qu'un soldat, moi... mais je ne veux pas être votre complice ; adieu, sire, je ne vous connais plus !

MULLER.

Adieu, sire, soyez heureux !

ULRICK.

Adieu, sire, je prierai Dieu pour vous !...

LE ROI.

Oh ! c'en est trop !...

ENSEMBLE.

(Voir la musique, N° 9.)

LE ROI.

J'étouffe de colère,
Oui, c'en est trop, vraiment ;
Redoutez la misère,
Je vous chasse à l'instant.

TOUS.

Quelle affreuse colère,
L'horrible emportement ;
Oh ! comble de misère,
On les chasse à l'instant.

LE BARON, *à part.*

Quelle affreuse colère,
Je suis heureux vraiment ;
Car bientôt, je l'espère,
Je vaincrai cet enfant.

(Muller sort, soutenu d'un côté par Ulrick, de l'autre par Crakendorff. La Tulipe et tous les paysans les suivent.)

SCÈNE X

LE ROI, LE BARON, LES SEIGNEURS.

LE ROI, *pensif.*

Ils sont partis !... buvons, messieurs... Eh bien ! qu'avez-vous ? pourquoi cet air contraint ?... Soyez heureux, je vous l'ordonne... Que vous fait, à vous, ce qui vient de se passer ?...

PREMIER SEIGNEUR.

Sire...

DEUXIÈME SEIGNEUR.

Il me semble...

TROISIÈME SEIGNEUR.

C'est que...

LE ROI.

Buvons, vous dis-je, et que tout soit oublié...

LE BARON.

Sa Majesté a raison... Buvons, messieurs.

LE ROI.

Buvons...

TOUS.

Buvons...

SCÈNE XI

LES MÊMES, LE COMTE DE FERSEN.

POUSSHENTROUPP.

Sire, voici le premier ministre.

LE ROI.

Ah! ah!... mon sévère conseiller; que me veut-il?...
Pourquoi veut-il troubler notre joyeuse fête?...

LE COMTE.

Sire...

LE ROI.

Que se passe-t-il donc, monsieur?

LE COMTE.

Des choses graves, sire.

LE ROI *s'assied et prend son verre.*

Parlez, je vous écoute.

LE COMTE.

Peut-être serait-il plus convenable, sire, de remettre
cet entretien à un autre moment...

LE ROI.

Celui-ci me plait, monsieur.

LE COMTE.

Sire, c'est à Votre Majesté seule que...

LE ROI, *buvant.*

Parlez, parlez, monsieur, telle est ma volonté...

Quelle raison si puissante vous fait me relancer jusqu'ici ?

LE COMTE.

Le mot est dur, sire, et Votre Majesté...

LE ROI.

Le mot est juste, monsieur ; suis-je donc encore en tutelle, que je ne puisse faire un pas sans les austères conseillers qui m'entourent et me harcèlent continuellement... Au fait, monsieur, qu'avez-vous à me dire ?

LE COMTE.

Sire, une conspiration terrible est tramée contre les jours de Votre Majesté...

LE ROI.

Toujours la même histoire...

LE BARON, *à part.*

Ciel !...

LE ROI.

Et qui a tramé cette belle conspiration ?

LE COMTE.

L'ambassadeur de Russie...

LE BARON, *à part.*

Tout est perdu !

LE ROI, *se levant.*

Ah ! ah ! ah ! vous êtes fou, sur mon âme, comte de Fersen, ou vous rêvez tout au moins. Le czar Pierre, le charpentier de Saardam, a assez affaire chez lui, sans venir se mêler de ce qui se passe dans notre royaume...

LE COMTE.

Sire, je vous affirme.....

LE ROI.

Et moi, monsieur, je vous dis que cela n'est pas, ne peut pas être.

LE COMTE.

Un démenti, sire.

LE ROI.

Eh! monsieur, vous semblez prendre à tâche de me rendre fou avec vos terreurs imaginaires...

LE COMTE.

Sire, j'étais un des plus vieux serviteurs du roi votre père; je vous ai vu naître, sire, et je vous aime comme mon fils, tout en vous respectant comme mon roi... Mais après une telle insulte, un affront aussi peu mérité, il ne me reste plus qu'à me retirer et à pleurer dans la retraite sur le déshonneur dont vous venez de couvrir mes cheveux blancs.

LE ROI.

Monsieur...

LE COMTE.

Adieu, sire... fasse le ciel que Votre Majesté ne se repente pas bientôt de ce qu'elle vient de me dire... (Il s'incline et sort.)

SCÈNE XII

LES MÊMES, moins LE COMTE.

POUSSHENTROUPP.

Sire, l'insulte que Votre Majesté vient de faire à son plus fidèle serviteur retombe sur toute la noblesse suédoise. Daignez accepter ma démission.

DEUXIÈME SEIGNEUR.

Sire, je supplie Votre Majesté de me permettre de me retirer dans mes terres.

TROISIÈME SEIGNEUR.

J'implore la même grâce.

PREMIER SEIGNEUR.

Et moi, sire...

LE ROI.

A votre aise, messieurs, à votre aise; vous pouvez partir tout de suite, si cela vous convient, je saurai me passer de vous.

LES SEIGNEURS.

Sire...

LE ROI.

Allez, messieurs... allez... (*Les seigneurs s'inclinent et sortent.*)

SCÈNE XIII

LE ROI, LE BARON.

LE ROI.

Tous, tous m'abandonnent, nobles et vilains; Fersen, le vieil ami de mon père... lui aussi; Muller... Ulrick... tous, jusqu'à ce soldat... et je reste seul... seul... sans un ami.

LE BARON.

Oh! sire... Votre Majesté se trompe... je suis resté, moi...

LE ROI.

C'est vrai... pardonnez-moi... je ne vous voyais pas... C'est bien, baron... vous êtes fidèle à votre roi... vous ne l'avez pas abandonné... je ne l'oublierai pas...

LE BARON.

Je ne vous quitterai jamais, moi, sire...

LE ROI.

Je vous remercie, baron... Mais je ne sais ce que j'éprouve : ma tête s'alourdit, ma raison se trouble...

LE BARON.

Votre Majesté se sentirait-elle indisposée?

LE ROI.

Non ; mais... la colère, la chaleur... je ne sais...

LE BARON.

Si Votre Majesté le désire, je cours...

LE ROI.

Non, restez, baron, restez; cela va se passer, je l'espère... dans quelques minutes... et, mais... si...

je... oh!... les traîtres... les traîtres... (*Il s'endort.*)

LE BARON.

Il dort... enfin!... Voici le moment... Allons avertir le prince... il doit être caché dans les environs... mais... avant... (*Il va pour prendre l'épée du roi; celui-ci fait un mouvement.*) Non, il pourrait se réveiller... pas un instant à perdre... Fortune, fortune, ne m'abandonne pas... (*Il sort vivement à gauche; au même instant Muller, Ulrick, Crakendorff et La Tulipe entrent à droite.*)

SCÈNE XIV

LE ROI *endormi*, MULLER, ULRICK, LA TULIPE, CRAKENDORFF.

MULLER.

Mon pauvre Charles, mon fils adoptif... Oh! maudit vin... c'est lui qui l'a perdu...

ULRICK.

Il faut le sauver, mon père.

MULLER.

Oui, mon enfant, oui, ou mourir pour sa défense.

ULRICK.

Crakendorff, hâte-toi...

CRAKENDORFF.

Sois tranquille, cousin; tu sais que je suis jambé comme un coq.

ULRICK.

Et vous, père...

MULLER.

Ne le quitte pas, surtout.

LA TULIPE.

Soyez calme, père Muller; nous restons deux ici... nous vous en répondons.

MULLER.

Que Dieu nous soit en aide; partons.

CRAKENDORFF.

Partons. (*Ils sortent vivement.*)

SCÈNE XV

LE ROI *endormi*, ULRICK, LA TULIPE.

LA TULIPE.

Vous êtes un brave et digne enfant, et, croyez-moi, le soldat français s'y connaît en fait d'honneur... je vous remercie d'avoir fait ma connaissance...

ULRICK.

Vous êtes bon, monsieur La Tulipe.

LA TULIPE.

Non, je suis vrai, et je suis fâché de vous voir risquer votre vie pour ce roi, qui me fait l'effet d'un louveteau, dont il semble avoir tous les instincts.

ULRICK.

Oh ! vous ne le connaissez pas, c'est le plus noble cœur que Dieu ait créé, et s'il ne buvait pas...

LA TULIPE.

C'est vrai, le vin est un mauvais conseiller et fait souvent faire des bêtises... j'en sais quelque chose... alors vous croyez qu'on peut risquer sa peau pour servir votre frère de lait...

ULRICK.

Oh ! oui, monsieur.

LA TULIPE.

Et puis, il est jeune encore, et il y a peut-être de la ressource.

ULRICK.

Jamais vous n'aurez combattu pour un roi plus grand et plus noble...

LA TULIPE.

Ah !... enfin, c'est égal... ce qui est dit est dit; comptez sur moi...

ULRICK.

Merci... mais silence, j'entends du bruit... entrons dans ma cabane...

LA TULIPE.

Allons... mais vous n'avez pas d'armes..

ULRICK.

C'est vrai... (*Il tire doucement l'épée du roi.*) En voilà une.

LA TULIPE.

Nous allons rire. (*Il tire son sabre.*)

ULRICK.

Allons... allons... (*Ils entrent dans la cabane.*)

SCÈNE XVI

LE BARON, LE PRINCE, SOLDATS RUSSES, LE ROI *endormi*.

LE BARON.

Le voilà.

LE PRINCE.

J'ai réussi !... comptez, baron, sur la reconnaissance du czar, mon maître...

LE BARON.

Je saurai m'en rendre toujours digne.

LE PRINCE.

Hum !...

LE BARON.

Et maintenant, qu'allez-vous faire ?

LE PRINCE.

Le réveiller et le conduire en Sibérie...

LE BARON.

Pauvre roi !... quel triste réveil !

LE PRINCE.

Que voulez-vous, baron, ce sont les chances de la guerre... Holà, vous autres, entourez cet homme pendant que je vais le réveiller.

LE BARON,

Oh ! il n'y a pas de danger qu'il s'échappe...

LE PRINCE.

Il est bon de prendre ses précautions. (*Les soldats s'avancent. Au même instant, Ulrick, La Tulipe se précipitent hors de la cabane et se jettent devant le roi.*)

SCÈNE XVII

LES MÊMES, ULRICK, LA TULIPE.

ULRICK.

Arrière ! misérables.

LA TULIPE.

Tiens ! tiens ! tiens ! ça va être drôle !

LE PRINCE.

Qu'est-ce à dire ?

LE BARON.

Que se passe-t-il ?...

ULRICK.

Sire ! sire ! réveillez-vous ! Trahison !...

LE ROI.

Hein ! quoi... mon épée !... oh ! des armes ! des armes !... (*Ulrick lui remet deux pistolets.*)

ULRICK.

Tenez, sire !...

LE ROI.

Merci, frère, merci !...

LE PRINCE.

Rendez-vous, sire, toute résistance est inutile !

LE BARON.

Rendez-vous ! vous êtes perdu !

LE ROI.

Mes amis, il ne s'agit pas de vaincre, mais de mourir avec honneur...

LA TULIPE.

Soyez calme, sire, nous allons rire.

LE PRINCE.

Mais vous voyez bien que toute résistance est inutile.

LE ROI.

Peut-être.

LE PRINCE.

Pour la dernière fois, voulez-vous vous rendre ?

LE ROI.

Jamais !...

LE PRINCE.

Que votre sang retombe sur votre tête !... Soldats, en joue !

SCÈNE XVIII

LES MÊMES, LE COMTE, LES SEIGNEURS, MULLER.

(*Ils paraissent tout à coup.*)

LE COMTE.

Bas les armes !

MULLER, *se jettant devant le roi.*

Et moi aussi, je veux mourir pour lui ! (*Les soldats hésitent.*)

LE COMTE.

Bas les armes !

LE PRINCE.

Oh ! vous ne nous tenez pas encore !

LE BARON, *à part.*

Cela se gâte !... (*Les paysans se précipitent sur le théâtre, conduits par Crakendorff.*)

SCÈNE XIX ET DERNIÈRE

TOUS LES PERSONNAGES DE LA PIÈCE.

CRAKENDORFF,

Nous voilà ! nous voilà !...

TOUS.

Vive Charles XII !

LE ROI, *au prince.*

Retirez-vous, monsieur, vous êtes libre... et dites à votre maître que s'il s'oublie au point d'employer des traîtres comme vous, je les méprise trop pour les punir. Quant à vous, baron de Routchouck, ne reparaissez jamais en ma présence.

ROUTCHOUCK.

Sire !

LE ROI.

Assez ! monsieur !...

ULRICK, *voulant rendre l'épée au roi.*

Sire, votre épée.

LE ROI.

Garde-la, frère... elle ne pourrait être en de plus nobles mains... Messieurs, pardonnez-moi la conduite que j'ai tenue aujourd'hui ; j'ai méconnu tous mes devoirs, insulté mes plus vrais et mes plus sincères amis... du fond du cœur, je vous prie de l'oublier.

TOUS.

Oh ! sire...

LE ROI.

Messieurs, un roi se relève à ses propres yeux et à ceux de ses sujets quand il reconnaît noblement ses fautes... celle-ci sera la dernière... Muller, mon fidèle Muller, apporte-moi un verre de vin... Ce vin sera le dernier qui approchera de mes lèvres ; je le bois à votre santé, messieurs. (*Il boit et jette le verre.*) Je jure de ne plus jamais boire que de l'eau, et de ne m'occuper désormais que de la gloire et du bonheur de mon peuple...

TOUS.

Vive Charles XII !

LE ROI.

Comte de Fersen, ne me quittez pas, j'ai plus besoin que jamais de vos conseils.

LE COMTE.

Oh ! sire, ma vie est à vous !

LE ROI.

Ulrick, je te nomme comte d'Upsal ; frère, je veux que tu sois constamment près de moi.

ULRICK.

C'est trop de bonheur, sire !

LE ROI, *donnant la main à Muller.*

Et toi aussi, mon père, tu me suivras.

MULLER.

Oh ! mon fils...

LE ROI.

Et je donne ton auberge à La Tulipe, il l'a bien gagnée.

LA TULIPE.

Me v'là propriétaire ; c'est pour le coup que je vas être économe.

LE ROI, *à Crakendorff, lui donnant une bourse.*

Tiens...

CRAKENDORFF.

De l'or ! ma fortune est faite. Oh ! mes jambes, merci...

LE ROI.

Et maintenant, messieurs, êtes-vous satisfaits ?... Ai-je bien réparé ma faute ?...

LE COMTE.

Sire, vous serez un grand roi !

TOUS.

Vive Charles XII !

LE ROI.

Prince Talitzin, vous porterez notre déclaration de guerre au czar votre maître ! avant quinze jours je serai sur ses frontières.

TOUS.

La guerre ! la guerre ! Vive Charles XII...

CHOEUR FINAL.

(Voir la musique, N° 10.)

Amis, il faut partir,
La gloire nous appelle,
La fortune fidèle
Viendra nous soutenir !

LE ROI, *au public.*

(Voir la musique, N° 11.)

Un vice affreux a causé ma faiblesse,
Et j'ai failli réduire au désespoir
Mes vrais amis, ma fidèle noblesse ;
Mais maintenant je comprends mon devoir :
Toujours humain, soulageant ses misères,
Je veux du peuple adoucir tous les maux ;
Car, Dieu l'a dit, tous les hommes sont frères ; } *(Bis.)*
C'est par le cœur qu'ils doivent être égaux.

REPRISE DU CHOEUR.

Amis il faut partir,
La gloire nous appelle,
La fortune fidèle
Viendra nous soutenir !

(Le rideau baisse.)

FIN

Paris. — Imp. Vᵉ P. Larousse et Cⁱᵉ, 19, rue Montparnasse.

On trouve à la même Librairie

COURS NORMAL DE GÉOGRAPHIE, [...] renfermant un traité de géographie générale, une description de la France et de ses colonies; un atlas de quatorze cartes coloriées avec légendes en regard, par [...] SAVE, professeur spécial de géographie [...] Paris. Volume in-8° oblong. Prix [...]

COURS NORMAL D'HISTOIRE DE FRANCE à l'usage des institutions [...] par MM. DELAUNAY et [...]

Première Partie

LIVRE-ATLAS comprenant l'histoire de France [...] jusqu'à la révolution française (1789) [...] cartes appropriées au texte [...]

Deuxième Partie

LIVRE-ATLAS comprenant l'histoire de la République [...] un Atlas spécial de [...] cartes pour [...]

ATLAS SPÉCIAL DE GÉOGRAPHIE HISTORIQUE DE LA FRANCE [...] cartes coloriées avec [...] institutions de tous les degrés, par M. [...] Un volume in-4° oblong. Prix [...]

HIST[...]

[...] DES ÉCOLES PRIMAIRES [...]

[...] LIVRE[...]

[...] LIVRE DU MAÎTRE [...]

[...] DE LECTURE MORALE [...]

[...]

www.ingramcontent.com/pod-product-compliance
Lightning Source LLC
Chambersburg PA
CBHW060858180626
46818CB00004B/1761